anima.
sumicais

anima.
sumicais
rosa cohen

LARANJA ● ORIGINAL

www.laranjaoriginal.com.br

Edição Filipe Moreau
Produção executiva Bruna Lima
Projeto gráfico Haron Cohen
Produção gráfica Alex Wissenbach
Diagramação Irineu de Carvalho Santana

Dados Internacionais de Catalogação na Publicação (CIP)
(Câmara Brasileira do Livro, SP, Brasil)

Cohen, Rosa
Anima. : sumicais / Rosa Cohen. São Paulo :
Editora Laranja Original, 2025.

ISBN 978-65-5312-016-7

1. Haicai I. Título.

25-286238 CDD-B869.1

Índices para catálogo sistemático:
1. Poesia haicai : Literatura brasileira B869.1
Eliete Marques da Silva - Bibliotecária - CRB-8/9380

Laranja Original Editora e Produtora Eireli
Rua Isabel de Castela, 126
05445-010 São Paulo SP
contato@laranjaoriginal.com.br

Prólogo

Anima.sumicais: Poesia Grafovisual

A poesia visual de vanguarda tem suas origens em fins do século XIX, na França, com o poeta, crítico literário, musical e artístico Stéphane Mallarmé (1842-1898). Em seu longo poemalivro *Un coup de dés jamais n'abolira le hasard* (1897), traduzido pelos irmãos Campos e Décio Pignatari como Um lance de dados jamais abolirá o acaso, interpõe a relação das palavras com os intervalos brancos de páginas em composições axiais, frases ilhadas, ritmos não lineares e em diferentes fontes tipográficas, a resultar uma leitura gráfica e visual.
Seu contemporâneo, o matemático, fotógrafo e escritor inglês Lewis Carroll, pseudônimo de Charles Lutwidge Dodgson (1832-1898), deve também ser considerado um poeta visográfico a partir de seus jogos de palavras ou *doublets*, e de seu caligrama metonímico, em perspectiva espacial, de um rabo de gato desenhado por palavras, em seu poema *Tail*, no interior do conto "Alice" (1865).
Stéphane Mallarmé influenciou, com sua obra, artistas e escritores do século XX: futuristas, dadaístas e poetas concretistas, como o grupo brasileiro *Noigandres* (SP, 1952), formado pelos poetas Haroldo de Campos, Augusto de Campos, Décio Pignatari e, mais tarde, José Lino Grünewald e Ronaldo Azeredo.
Também, a princípio, Ferreira Gullar e artistas visuais como Hélio Oiticica, Lygia Clark, Lygia Pape dentre outros, mais tarde dissidentes, então denominados neoconcretistas (RJ, 1956).
A poesia concreta tem como caráter a formatividade visograficosonora, uma conjugação de linguagens que leva à síntese híbrida, possibilitada pela composição tipográfica do poema sobre o papel e seus outros suportes, como em páginas da *Revista Noigandres*, nos livros, em traduções de haicais, e mais tarde em vídeos, instalações e holografias, estas realizadas tecnicamente por Moysés Baumstein junto aos artistas concretistas de São Paulo.
O artista visual Julio Plaza, além de seus trabalhos com as novas tecnologias e a holografia, criou individualmente e com os irmãos Campos livros com páginas em dobraduras geométricas, livros-objetos e projetos gráficos, assim como os gestuais do sumiê (pintura chinesa) e composições com base nos haicais.

Haicai

Originalmente, no Japão do século XVII, a partir de Matsuo Bashô (1644-1694), o haicai ou haikai era composto por 17 sílabas distribuídas em três versos: o primeiro com cinco sílabas, o segundo com sete e o terceiro com cinco novamente. Para alguns, continuou assim como estrutura até os nossos dias e certamente como tipologia mensurável do ritmo, em tempo e espaço inerentes à sua concepção. Contemporaneamente, e com a apreensão do gênero pelo Ocidente, essa estrutura deu lugar a outros ritmos, com menor número de regras preestabelecidas, em autores importantes, como Paulo Leminski.
Enquanto categoria poética o haicai opera a captura imediata e "fotográfica" da percepção dos eventos, objetivando a síntese.
A caligrafia ideogrâmica já contém, em suas combinações gráficas, a concisão poética. O cineasta Sergei Eisenstein, observando atentamente essas combinações, escreveu sua *Teoria da Montagem* para o cinema.
O haicai, na escritura ideogrâmica, estende-se à expressão máxima do evento instantâneo e do gesto de quem escreve.
"A importância da escrita e a atividade do escritor fundam-se no fato (pelo menos antes do teclado) de que não há literatura se o gesto do calígrafo, ao desenhar a palavra, não possuir, entre a mão e o pincel, a autenticidade da expressão pictórica".* E é esta expressão pictórica, junto à concisão, que o haicai e o sumiê (pintura chinesa) encontram suas correspondências. A característica primordial, relativa às suas temáticas, diz respeito à natureza, seja em seus elementos e suas mudanças, seja em seu anima constituído por seres diversos.

Sumiê

No sumiê ou sumi-ê (tinta e pintura), concebido na China durante a dinastia Tang e levada ao Japão pelos budistas, o gesto também produz a síntese ao delinear traços de pinceladas concisas, precisas e expressivas de elementos naturais, observados pelo artista. Por isso, seu caráter tem similaridade com o haicai, na linguagem visual da pintura. Neste livro, os versos e sílabas dos poemas não são mensurados na base numérica de cinco, sete e cinco; no entanto, são deliberados para expressar eventos imagéticos, com sincronias internas e sínteses textuais do anima (alma) e do amor, dos eventos e

* *COHEN, Rosa. O Livro de Cabeceira. In:* Motivações Pictóricas e Multimediais na Obra de Peter Greenaway. *Ferrari Editora, SP, 2008, p. 127*

estados de ânimo de homens, mulheres, jovens ou velhos, héteros ou homossexuais, crianças, árvores, pássaros, insetos, cachorros e outros animais, céu, cidades, vento, montanhas, lua, sol, chuva, temperaturas, estações do ano...
O livro ***Anima. sumicais*** é portanto, configurado por influências da poesia concreta, do haicai e do sumiê. Sua concepção é originária do sumiê de uma vulva, que realizei em três pinceladas concisas, para chegar à sua expressão.
Intencionando as similaridades entre ideograma e imagem, em momento posterior vislumbrei, ao rebater a imagem da vulva em um eixo horizontal, o ideograma pessoa homem; depois, retornando-a ao lugar anterior no mesmo eixo, além de vulva, também pássaro e árvore por semelhanças aos seus traços. Entre sumiê, ideograma e letras do alfabeto simbólico, mônadas foram criadas.
No ideograma da figura feminina, encontrei a imagem de uma "vulva" entremeada. É uma transliteração visual entre sumiê e ideograma com imagens invertidas, contidas ou retiradas de ideogramas por similaridades, que denominei "icogramas".
Assim, eventos imagéticos pretendidos e representados textualmente nos poemas, desenvolveram-se por experimentos que nomeio "transliterações visuais", a partir da homologação do sumiê e dos ideogramas para os icogramas, vislumbrando, para o texto, uma herança "sumical".
Também os experimentos com elementos tipográficos e signos simbólicos convertidos em imagens são transliterações que denomino "calimagens".
Ideogramas e letras da caligrafia ocidental são convertidos em calimagens de voos, florestas, cidades, relações amorosas.
Jogos entre as grafias portuguesa, inglesa e os desenhos delas resultantes, enquanto sucessão de letras agrupadas, palavras e pinceladas configuram blocos de textos alcançando ao final um sumicai. Exemplos são os "cardiógrafos eróticos", produzidos a partir das letras MW, em representações visuais das palavras *Man-Woman* (Homem-Mulher).
Um caligrama também comparece em um dos poemas.
Algumas palavras conformaram neologismos e alguns poemas, trocadilhos.
O processo das transliterações acabou por determinar um jogo poético entre linguagens.
Por fim, este livro foi concebido pelo constante interesse nas expressões orientais e pelas experimentações das homologações do símbolo até a imagem expressiva.

Rosa Cohen

Nota: Jamais abolirei o hífen e o apóstrofo das tessituras do poema.

“A poesia visual é a conjugação da palavra com seu entorno, seja o campo branco da folha de papel ou o espaço que abriga gráfica e sonoramente o texto e sua leitura.

O haicai é o modo poético mais congruente de sincronias existentes, capaz de gerar as sínteses mais consoantes à formação dos sentidos.

O sumiê é o certeiro gesto condutor da imagem expressiva.”

Rosa Cohen

Glossário das transliterações visuais

Sumiê

sumiê de uma vulva: 

Transliteração visual

transliteração visual do sumiê de vulva,
projetado por rebatimento em eixo horizontal:
sumiê-icograma: homem 

sumiê de pássaro em voo 

Ideograma

ideograma pessoa (genérico) / homem: 人

Icogramas

transliteração visual a partir do ideograma homem, projetado por rebatimento em eixo horizontal: icograma vulva, mulher, pássaro, árvore. 

ideograma mulher: 女

transliteração por giro 

e subtração de linhas, 

para icograma-sumicai vulva mulher: 

novo rebatimento em eixo horizontal:
icograma-sumicai homem 

ideograma de pássaro: 鳥

icograma para pássaro em voo: 

também árvore de copa aberta: 

ideograma árvore: 木

ideograma repetido para floresta: 木 木 木 木 木

icograma árvore: 

icograma repetido para floresta: 

Calimagens e Símbolos icogrâmicos

y maiúsculos e minúsculos
como calimagens para vulva: **Y** Y **y**

y minúsculo rebatido é calimagem
para pessoa homem: **ʎ**

letra V como calimagem de vulva e voo: **V** *V*

letra T para calimagem de ponte: **TTTTTTTT**

vulva rebatida e espelhada:
pessoa homem em eixo horizontal -**X**- - -

ideograma: água (genérico) / rio e icograma mar: 川 三

parênteses e til, calimagens
para as águas do lago: **(( ))**

~~~

calimagem para borbulho: 0°Oo°°000ooo°

símbolo icogrâmico para o sol: 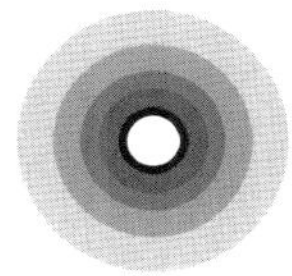

símbolo icogrâmico para a lua: 

e meia lua)

calimagem para montanha e duna: ΛΛΛ

calimagem para seios ∩∩

para asas: > <

para chuva: ///////////////

para trilhos: ############

repetição das letras MW para calimagem de cardiógrafo erótico: **MWMWMW**

MW são também calimagens de asas de anjos: MW

MW

MW

Caligrama

caligrama para peixe: 

Ao artista Julio Plaza, *in memorian*, que em diálogos iluminava
o meu crescente encantamento pelo haicai.
Agradeço a Alex Wissenbach, Haron Cohen, Laranja Original,
Regina Nogueira, Ronaldo Marin, Ruy Rubio Rocha.
À minha família e aos amigos deste e dos inter-séculos.

aNima

aNimal

aNimalWoMan

WoManMan

HuManWoman

num país tropical,
um mestre oriental ensina
a essência visual do ideograma.

o inseto de corpo semelhante à máquina de voar,
o helicóptero,
entra pela janela em noite de lua nova,
a cauda amarrada com um cordel.

– há homens bestiais, todos sabem! –

o mestre ajeita os óculos, observa,
ampara-o em uma das mãos,
desata o aperto,
o inseto voa.

o inseto de corpo verde,
asas transparentes enredadas ao modo d'um bordado,
entra pela janela em noite de lua crescente,
voa até onde está a mestre e pousa
no ponto mais alto de sua lapela.

a alma indígena da aprendiz,
mãos unidas como a concha de uma pérola,
acomoda o nano ser que escolheu pousar
no azul sutil da seda da china.
do beiral da janela voou, liberto de mãos suaves,
debaixo do céu profundo.

X

vulva, árvore frutífera, pássaro que voa.
em torno de um eixo horizontal,
a vulva projeta o ideograma pessoa-homem.
a pessoa-homem que torna no mesmo eixo é
pessoa-mulher.

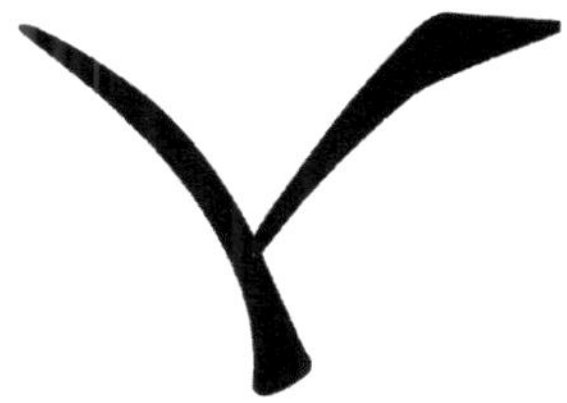

voo pássaro

pessoa pouso

pessoa

homem 人

mulher 

vulva
mulher
mônada

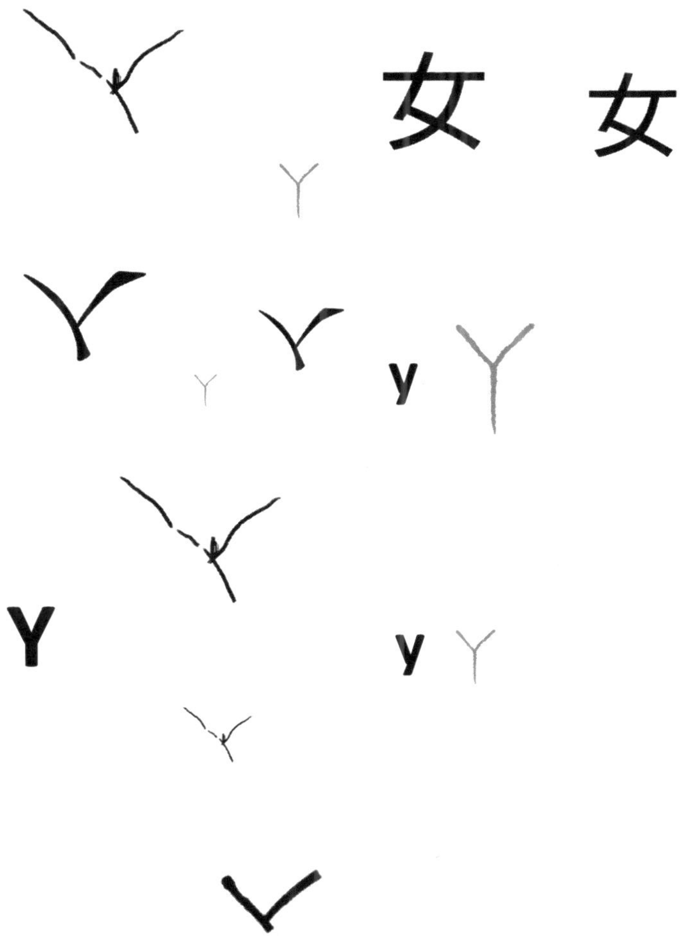

homem
mônada

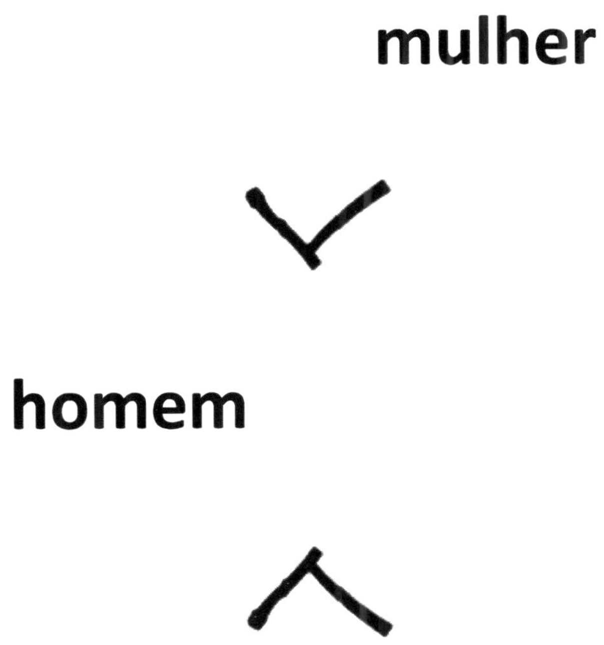
mulher
homem

voo

voo-pássaro 

voo-vulva **V *V VV***

voo pássaro inseto **><**

árvore 

um pássaro, depois do voo,

pousa num galho e canta.
todos esperam pelo amor.

vulva mulher

pássaro
árvore

pessoa homem

人

 mulher

 homem

 mulher homem

 homem mulher

woman man

man woman

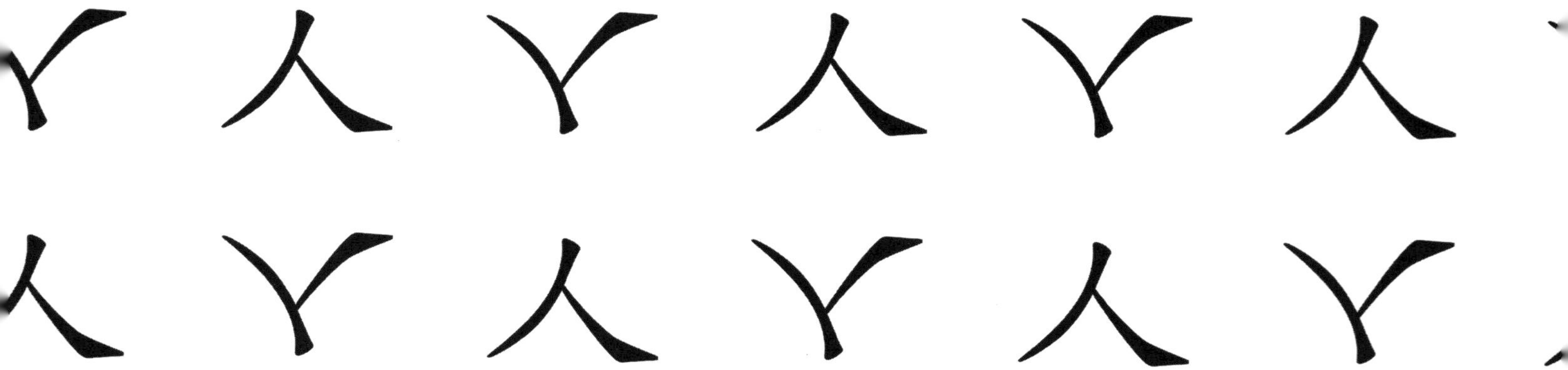

wow man!

wow woman!

wowman

wowwoman

cardiografia erótica

cardiógrafo

WMWMWMMWMWMWWMWM
MWMWMWWMWMWMWMWM
WMWMWMWMWMWMWMWM
MWMWMWWMWMWMMWMW

MWMWMWMWMWMWMWMW
WMWMWMWMWMWMWMWM
MWMWMWMWMWMWMWMW
WMWMWMWMWMWMWMWM

WMWMWMMWMWMWWMWM
MWMWMWWMWMWMWMWM
WMWMWMWMWMWMWMWM
MWMWMWWMWMWMMWMW

MWMWMWMWMWMWMWMW
WMWMWMWMWMWMWMWM
MWMWMWMWMWMWMWMW
WMWMWMWMWMWMWMWM

cardiografia erótica

AMOR AR

M MW

W MW MW

W

M VV I VV

W W

M M

WM

VV IvI M

MW

W

VV

W MW

do gozo,
do anima,
da morte,
universo engajado.

pássaro
pessoa
voopasso

VOO

voo voo
voo voo
voo voo
voo voo
voo voo
voo voo
voo voo
voo voo
voo voo
voo voo
voo
oo
v

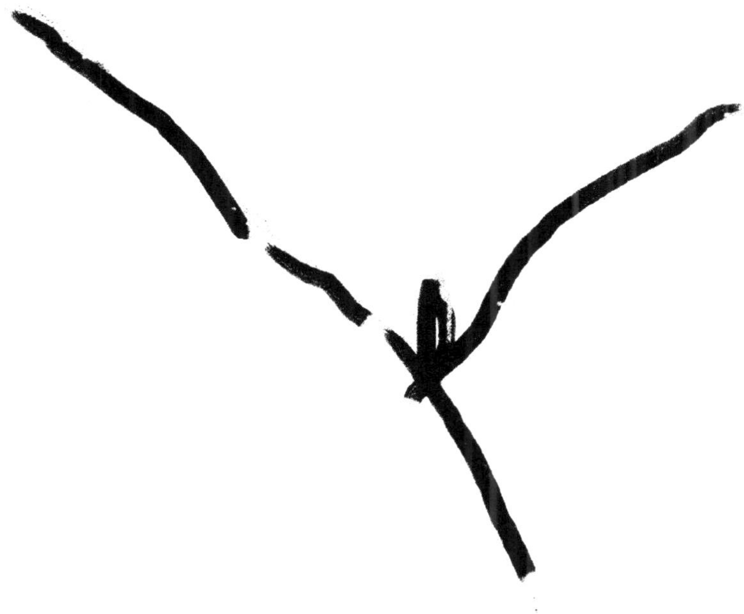

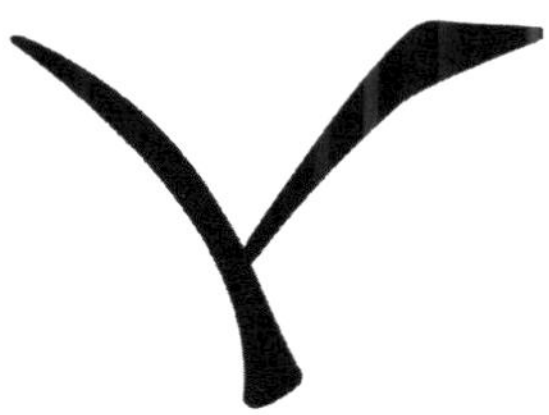

voo
como
vulva

como
árvore

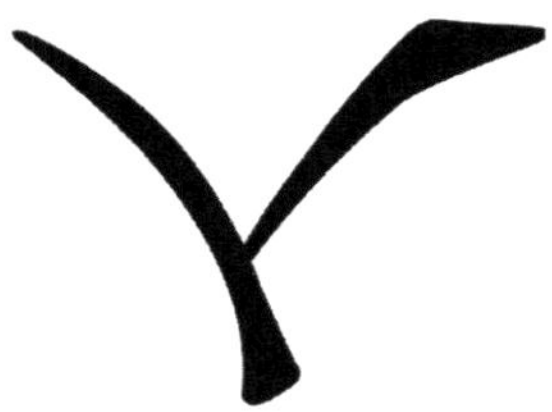

floresta

人 人 人 人

人 人 人 人

人 人 人 人 人 人 人

cidade

人 人 人 人 人 人

人 人 人 人 人 人 人 人 人

人 人 人 人 人 人 人 人

revoada

人

pessoa ....

o pássaro
– plumagem vermelha e verde –

passeia pelo céu em voo distante.

carrega no bico um leque trazido do japão.

o quero-quero é pássaro determinado.
com ele não há lero-lero.

nomeação de seu querer,
o que quer o quero-quero?

o ninho: voo aconchego e voo.
comida: minhoca, milho, trigo e intriga.

dela o homem despediu-se
mas não desprendeu-se.
seus olhos esqueceu propositadamente
na morada d’amada,
e perdeu-se no nevoeiro.
tanta distração pós-gozo a ecoar,
de tão novo coito o deslumbre parecia desconhecer,
e a não querer encerrar o entusiasmo.

que após a despedida
fosse continuado e constante o gozo à mulher
– chama semelhante aos raios do sol –
e de sua vulva decorressem,
em êxtases sequentes,
pequenos fogos avermelhados.

//////////

chuva fina,
encontro marcado.
de botas e guarda-chuva vermelho-úmidos,
a moça se move.
no caminho,
d'um salto de trás da coluna,
beijo molhado.

//////////

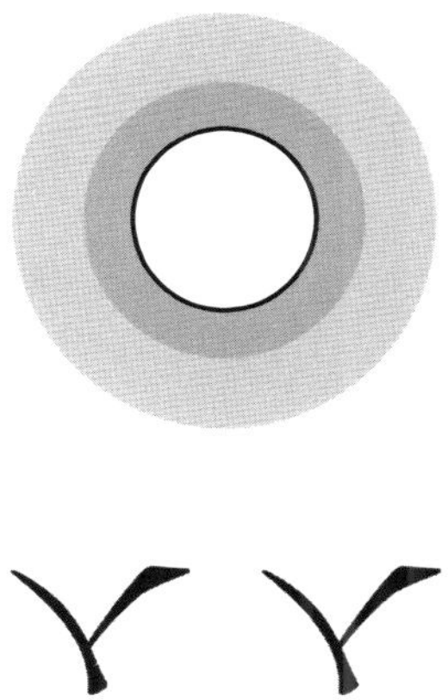

noite azul, ponto de lua,
perfume de lírios.

duas mulheres enlaçam a noite quente.

人 人

**buscam, retomam olhares,
rebuscam, se tocam.
à nudez a mútua exploração,
à pele suor intenso.
dois homens, noite quente.**

丫人

não-te-vi,
disse a mulher.

– bem-queria-ver-te –
ao não ver-te,
cantou o bem-te-vi.

bem-te-vi,
bem-te-vi,
bem-te-vi.

pede chuva o pássaro,
ela, o encontro.
a água do céu despenca,
o bem-te-vi se resguarda,
ela se cala.

martim-pescador
– pássaro vermelho de papo e pescoço –
salto vertical,
peixe abicanhado no lago.

do alto do edifício,

fluidez e inexatidão dos corpos.
fluidez e inexatidão dos corpos.
fluidez e inexatidão dos corpos.
fluidez e inexatidão dos corpos.
fluidez e inexatidão dos corpos.
fluidez e inexatidão dos corpos.
fluidez e inexatidão dos corpos.
fluidez e inexatidão dos corpos.

fluidez e inexatidão dos corpos.
fluidez e inexatidão dos corpos.
fluidez e inexatidão dos corpos.
fluidez e inexatidão dos corpos.
fluidez e inexatidão dos corpos.
fluidez e inexatidão dos corpos.
fluidez e inexatidão dos corpos.
fluidez e inexatidão dos corpos.

noite clara de lua,

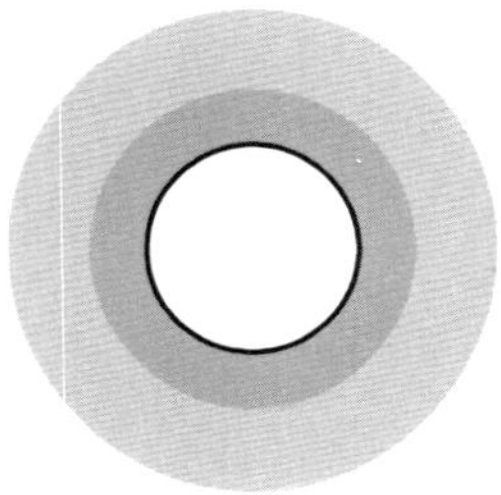

um cão late na rua.

lá fora,

o cão rouco late como um galo.

corpos anciãos
cessaram os gemidos,

ressecaram os óvulos, 丫

desintegraram as sementes. 人

o musgo vibrante e sobejo sobe cobrindo o telhado.

passos lentos na subida estreita,

sol de outono imenso!

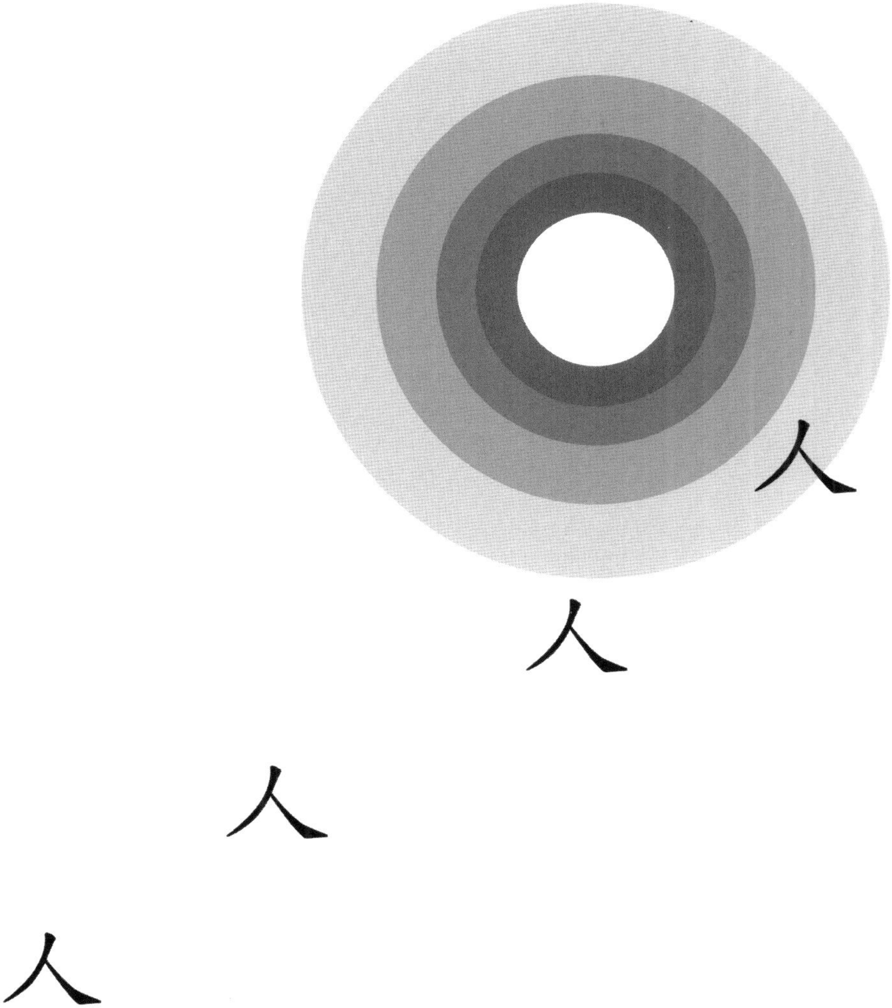

ao redor do tronco da árvore mais distante,

contorce-se o esplendor.

silêncio na tarde quente.
da cozinha ecoa de repente,
o despedaçar da porcelana fina.

verderubros pendentes,
de mínima flor
em terra úmida frequente,
tremem nos galhos ao vento,
recobrem a língua de gelo ardente.

a lua parece cravada no céu
mas não engana,

)

ela é urbana.

à vista provou-se no céu um drone,
predestinado à odiosa era,
mas criou asas de pássaro,
rejeitando a grande ira.

pensando ser de penas,
qual chuva delgada,
verteu a parafina.

o cair da água fina,
menos mal,
recuperou a terra, os seres, o oceano.

do fundo do mar azul emerge
a estrela-esponja,
a estrela rugosa refletida,
desde um céu estelar.

川

川

川

川

calor cruel!

despenca o suor como um rio vertical.

alcança-se o céu da boca,

avista-se os mapas da língua.

**no lodo,
lugar de sol e pouso,
fonte de pausa,
a flor-de-lótus.**

deus:
retângulo de sol incidente,
balanço de folhas refletidas.

os ecos não se apartavam do vento da cordilheira,
nem da sinuosidade do silêncio.

frio enregelante,

um pé dorme
no interior da bota.

restaurante em xangai.
um besouro tenta
escapar da sopa.

de calor cismado,
do alto um leque se abre em aguadas,
aval providente.

cobiça.

a alma´lama encobre.

no azul egito,
sol deitando-se,
o homem caminha sobre o dorso de um camelo.
o imaginário atravessa
o deserto lendário.

o leitor respira ou pontua três poemas:

mesmo sem corpo
uma pluma
vai de encontro
ao vento
para reproduzir o voo

de asas físicas sabe-se
um leque que
detrás da ave
compete e enfrenta-se
pelos ares.

entre dunas
a mulher, seios grandes,
mira o horizonte.
entre montanhas,
enluecer gigante!

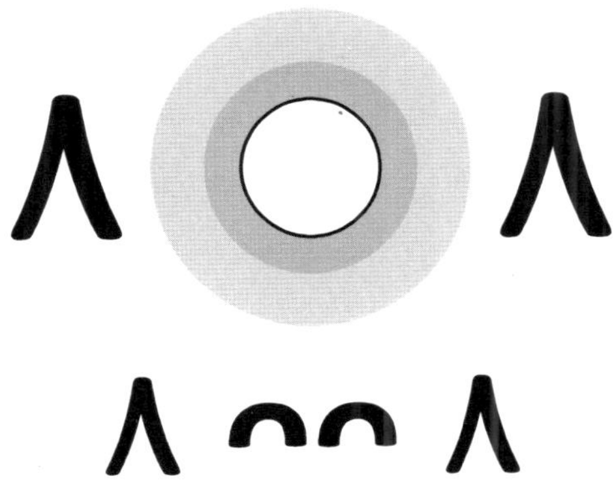

a fala dos peixes

°°°00oOo°ooOoo0O0ooO0o°°°
°°°OO0°ooo00°°°°Oo0°00°O°0°°°
°O0oo00°°ooo°OOOoo000°°°0°°0°°

a fala das aves

><
><
>< >< >< >< ><
>< >< >< >< ><><
>< >< >< >< >< ><
>< >< >< >< >< ><
><>< >< >< >< >< ><
><

a fala dos homens

wmalmawmwM 人 wmanmwwl

mwmwmwave~umwmwwoman ><.
€ € ≤.>amor-0 abc $$$!! £;@$%Zy^^
£¤¥¦«¶ªZ{|}°µ±^¢²;.][,,ºª´’”5 ****
mwmwmwlovemwmw0t8*=¨¨¨¨¨¨

almamwj’aimemwmwmwmwmwl
€ € ≤ &*>=<-0 abc $$$!!,;ººªª2@!wp
£;@$%£¤¥¦«¶ªZ{|}°µ±^¢²;.][,,ºª´’”5

\¨@!-#0&-+_=§l”8 ´>´/°ºzyXmw0’9ia
mwmwmWml’amourWMAwmwmiL
mwmWmwr 女 nwmw 人 丫 wmwç
mwmw 人 mwmWguerramwm.
€ € ≤ &*>=<-0 abc $$$!! £;@$%?*§
?£¤¥¦«¶ªZ{|}°µ±^¢²;.][,;ºª´’”5 \#*;!

noite e vento mensageiros,
palmeiras tramando,
vozes d’estrelas.

ono

mato

péias
pétalas
patas
centos

quantos!

no corpo,
a anciã não mais sente a aurora.
necessidade de síntese é agora.

cidade:

“cuidado com o cão”.

##############

entre o trem e a plataforma,

vão bravo no portão.

ondulam no solo
fileiras de folhas comoventes.

quanta alegoria têm as formigas!

dores do sono,

dois pássaros do bico afiado
ferem pupilas.

a mulher
deseja muito o zen.
quando cai o telhado,
fecha os olhos e ensurdece.

人

um homem sem orelhas,
mordido por ciúmes,
ainda consegue ouvir.

uma mulher sem olhos,
fechados por uma porta,
ainda pode ler.

uma criança com birra

ainda pode aprender. 人

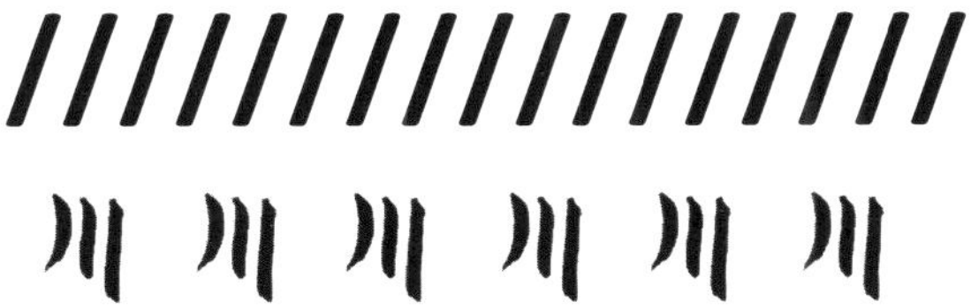

chuva.
o choro da criança
respinga na vidraça.

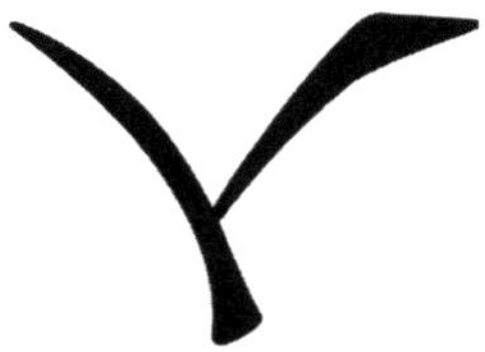

voo.
a noite
pousa no silêncio.

refrata no lago
a dobra do galho.

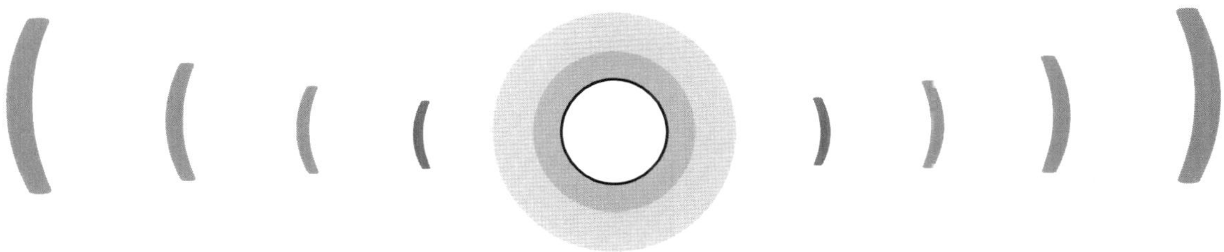

refrata no lago

a dobra do galho.

beira do lago.

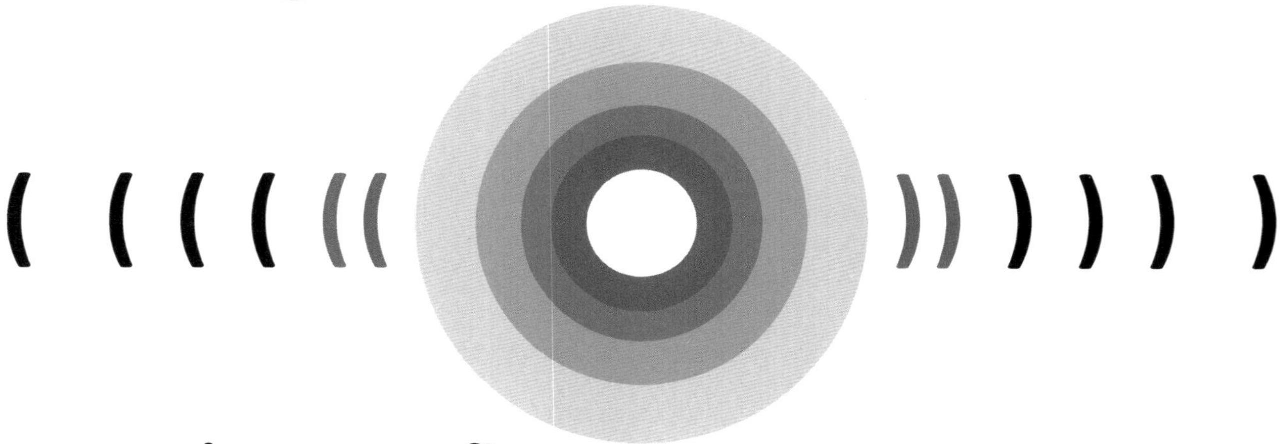

movendo pernas finas,
com vagar a garça pousa.

no beiral da janela,
a carta desbotada fere o passado.

noite alta.

à beira da cama,
rumores
no baú.

noite alta.

no teto a lâmpada não se apaga.

teima ser a lua.

galhos secos sinuosos.
a rastejar,
caranguejos ressaltam o mangue.

do sol

lances de luz,
olhos cerrados,
tudo é geométrico.
sob as pálpebras sobressai
brasa congênita,
moldada na retina.

noite de terror!

><

um só inseto,
das vítimas suga,
o fino líquido
das vias sanguíneas!

anima-âmago,
do amor amálgama,
fundo primal,
gama frequente.

depois do coito vem o dia.
amantes nadam no rio.

mesmo no **adeus,**
a mulher não se esquece do amor.
na janela pousa um

louva-a-deus.

névoa sobre a ponte.
edifícios dissolutos *tremulam*
nas águas do rio.

TTTTTTTT

川 川 川 川

.

um homem e seu cão
caminham com lentidão.
corpos pendem
para um lado para outro,
anciãos.

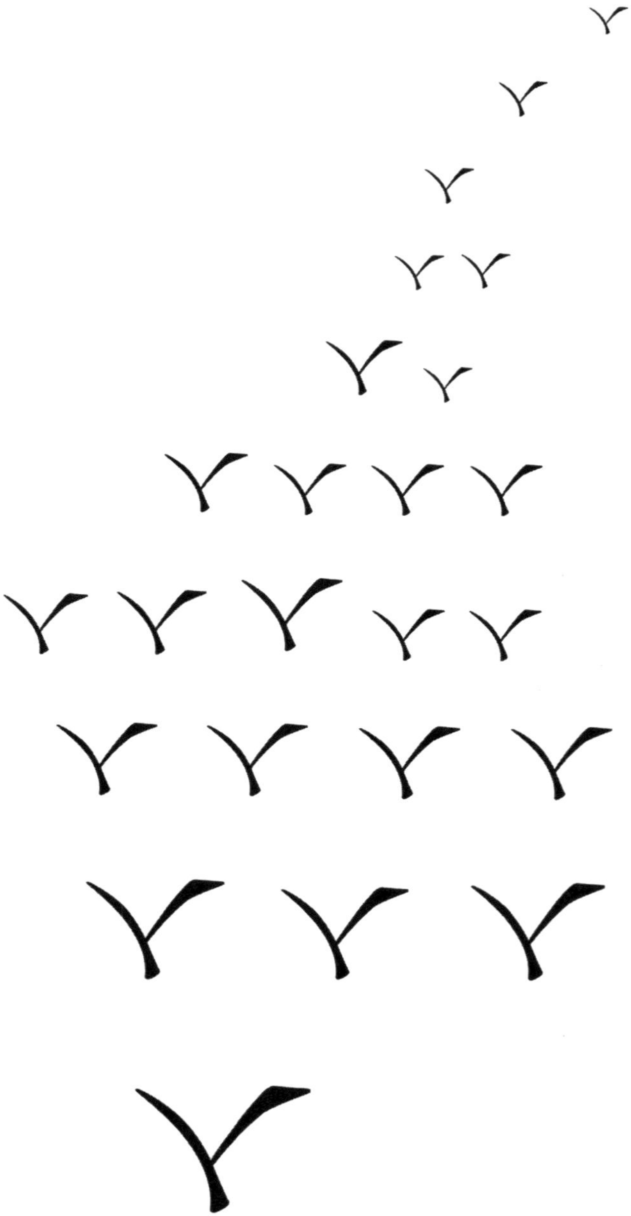

de aros em ares,
revoada.

dos mares adelgadas,
em pedras agarradas,
algas marginais.

a Vênus
embebe a noite de amor,
até o sol parodiar o gozo.

diz a mulher:
não me indague, deixe-me extensa.

noite insone,

corridadecarneiroscorridadecarneiros
corridadecarneiroscorridadecarneiros
corridadecarneiroscorridadecarneiros
corridadecarneiroscorridadecarneiros
corridadecarneiroscorridadecarneiros
corridadecarneiroscorridadecarneiros
corridadecarneiroscorridadecarneiros
corridadecarneiroscorridadecarneiros
corridadecarneiroscorridadecarneiros

corrida de carneiros
como buzinas atônitas.

corridadecarneiroscorridadecarneiros
corridadecarneiroscorridadecarneiros
corridadecarneiroscorridadecarneiros
corridadecarneiroscorridadecarneiros
corridadecarneiroscorridadecarneiros
corridadecarneiroscorridadecarneiros
corridadecarneiroscorridadecarneiros
corridadecarneiroscorridadecarneiros
corridadecarneiroscorridadecarneiros
corridadecarneiroscorridadecarneiros
corridadecarneiroscorridadecarneiros
corridadecarneiroscorridadecarneiros

um homem sem casa,
parado na porta do banco com cinco cachorros,
pede aos passantes, como se orasse:
– socorram-nos, socorram a nós,

cães!

uma criança em uma trepadeira,
em tramas espirais alcança,
o céu azul da china.

supremo-extrato,
suprema-essência,
de instintivo amor,
entrega intacta.

carnaval.

seios gigantes infláveis
desfilam na via urbana.

um bebê abre a boca.

reflexos da lua,
noite suspensa,
penumbra feita de folhas,
sonhos oblíquos dos pássaros.

noite de chuva,
/////////////////////////////////////
//////////////////////////////////////
//////////////////////////////////////
precipitação ruidosa,
vagalumes lumenêuticos!*

* lumens + as hermenêuticas dos vagalumes.

///////////

///////////

///////////

///////////

sonvisco calmo. ///////////

o olor da chuva /////////

penetra pela fresta. \\

madruga o homem que diz:

uma gota de orvalho

– enquanto falho, enquanto recolho do olho o
talo d'um galho, bem antes que cante o galo –

cai.

um desenhista de asas concebeu três modelos
em diferentes articulações,
ao modo de preparação e voo:

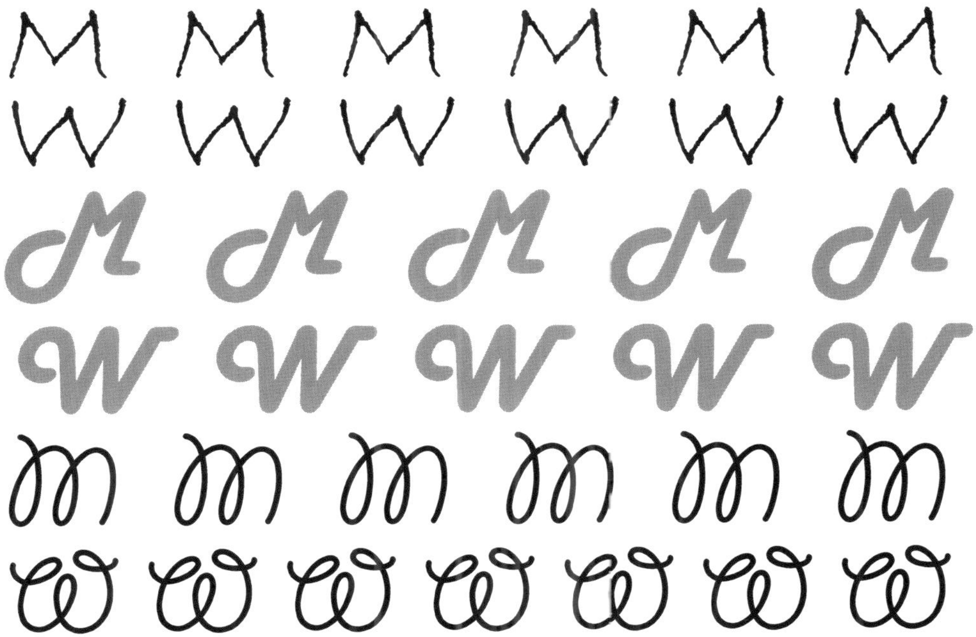

mas anjo algum apareceu para prová-los.

no jardim da casa
o pássaro pousa **,**
vem comer do prato
as sementes que a mãe polinizou.

luz incidente...**

a pimenteira seiva.

** foto-sumicai por dessaturação.

sono.

mar de automóveis no teto
mar de automóveis no teto
mar de automóveis no teto
mar de automóveis no teto
mar de automóveis no teto
mar de automóveis no teto
mar de automóveis no teto
mar de automóveis no teto
mar de automóveis no teto
mar de automóveis no teto
mar de automóveis no teto
mar de automóveis no teto
mar de automóveis no teto
mar de automóveis no teto
mar de automóveis no teto
mar de automóveis no teto
mar de automóveis no teto
mar de automóveis no teto

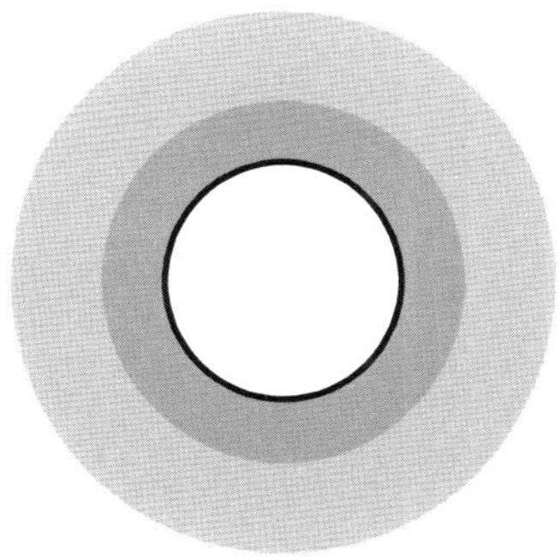

**quando um dragão olha para a lua,
refresca cinco cabeças.**

envelhece a mulher.
no passado visitava-lhe a constância.
agora, a instância.

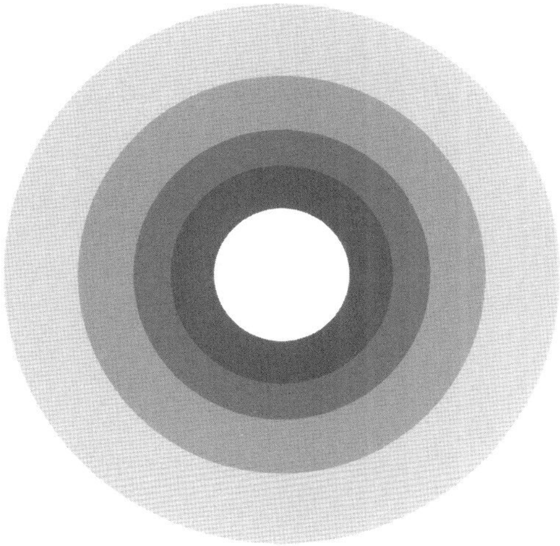

noite alta,

– sol subindo,

lua descendo,

tons de azul a esclarecer-se,

folhas balançando –

canto do pássaro.

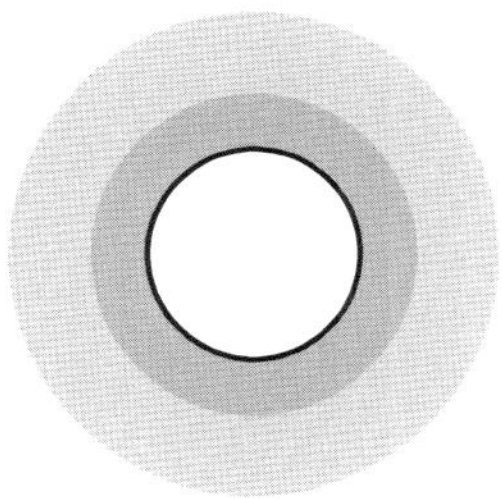

o louco vive nas ruas,
cobertor sobre o dorso,
qual manto drapeado do imperador.
a vassoura danificada que leva
é um cetro cravado d'estrelas.

antes dos **rumores** dos homens,
o sabiá-laranjeira canta
– para ouvi-lo a possível amada –
na madrugada.

ar lunar

))))))))))))))))))))))))))))))))))))))
((((((((((((((((((((((((((((((((((((((
))))))))))))))))))))))))))))))))))))))
((((((((((((((((((((((((((((((((((((((
))))))))))))))))))))))))))))))))))))))
((((((((((((((((((((((((((((((((((((((
))))))))))))))))))))))))))))))))))))))
((((((((((((((((((((((((((((((((((((((
))))))))))))))))))))))))))))))))))))))
((((((((((((((((((((((((((((((((((((((
))))))))))))))))))))))))))))))))))))))
((((((((((((((((((((((((((((((((((((((
))))))))))))))))))))))))))))))))))))))
((((((((((((((((((((((((((((((((((((((

inverno.

folhas verdes reluzentes
– trazidas por um vento inconvicto –
contrastam a calçada cinza
de um **verão insolente.**

outono.

profusão de folhas levadas pelo vento,

sob passos, craquelando.

人 人 人 人

à
jabuticabeira
– néctares no tronco –
vêm pássaros e jabutis.

despida,
n´outro tempo se reveste.

o perfume da flor-de-angélica perpassa.
a florista não sente;
perdeu o olfato no passo do tempo.

no elevador,
odor
de inseticida perfumado.
na rua,
tosse-tosse.

arrependeu-se o homem
de ter comido o frango.
sofre de solidão.

guardanapo branco sobre o **corpo**,
o **porco**,
antes de ser xadrez,
pulou da panela
no restaurante chinês.
correu-correu,
saiu pela porta,
até alcançar a avenida da liberdade!

a menina dorme ao balanço do trem.
perde as paisagens
que a janela da vaga devora em segredo.

###########

o elefante na rua
dobra a esquina cuja quina
reflete o azul.

a nuvem branca o imita,
qual alma gemeaquina,
na imensidão do céu.

dia de sol.
do galho da noite nasce
a flor de maio.

do amniótico
ao amnésico,
o magnésio.

><

uma borboleta é > e < que o vento.

fly ><

butter fly! ><

imanência de leve instinto,
amante do ar,
corpúsculo volátil menor,
liberdade maior que o vento.

o sábio ancião sabe bem a razão da morte.
é o cansaço, o cansaço corporal, abismal
do mundo certamente.
sua razão é como referir a alma ao corpo.
compreende com felicidade que agora
só tem a ouvir o canto dos pássaros,
tentando decifrar o ritmo e seus fonemas:

"fic fic fic sonow...
"fic fic fic sonow"

depois, resgatar com leveza o sono,
despertar nas estações anuais inda possíveis,
mirar as migrações ainda que conturbadas das aves,
a chuva desproporcional e a neve,
o sol e a lua encobertos,
as cores florais desbotadas,
a lembrança do sabor de cada fruto,
os passos encantadores pelo mundo,
o gozo progenitor, o anima, o voo,
o mero viver que antecede a descontraída morte,
o descrédito nos políticos.

que bem seria
se seres diversos do universo
fossem presentes ao menos em versos.

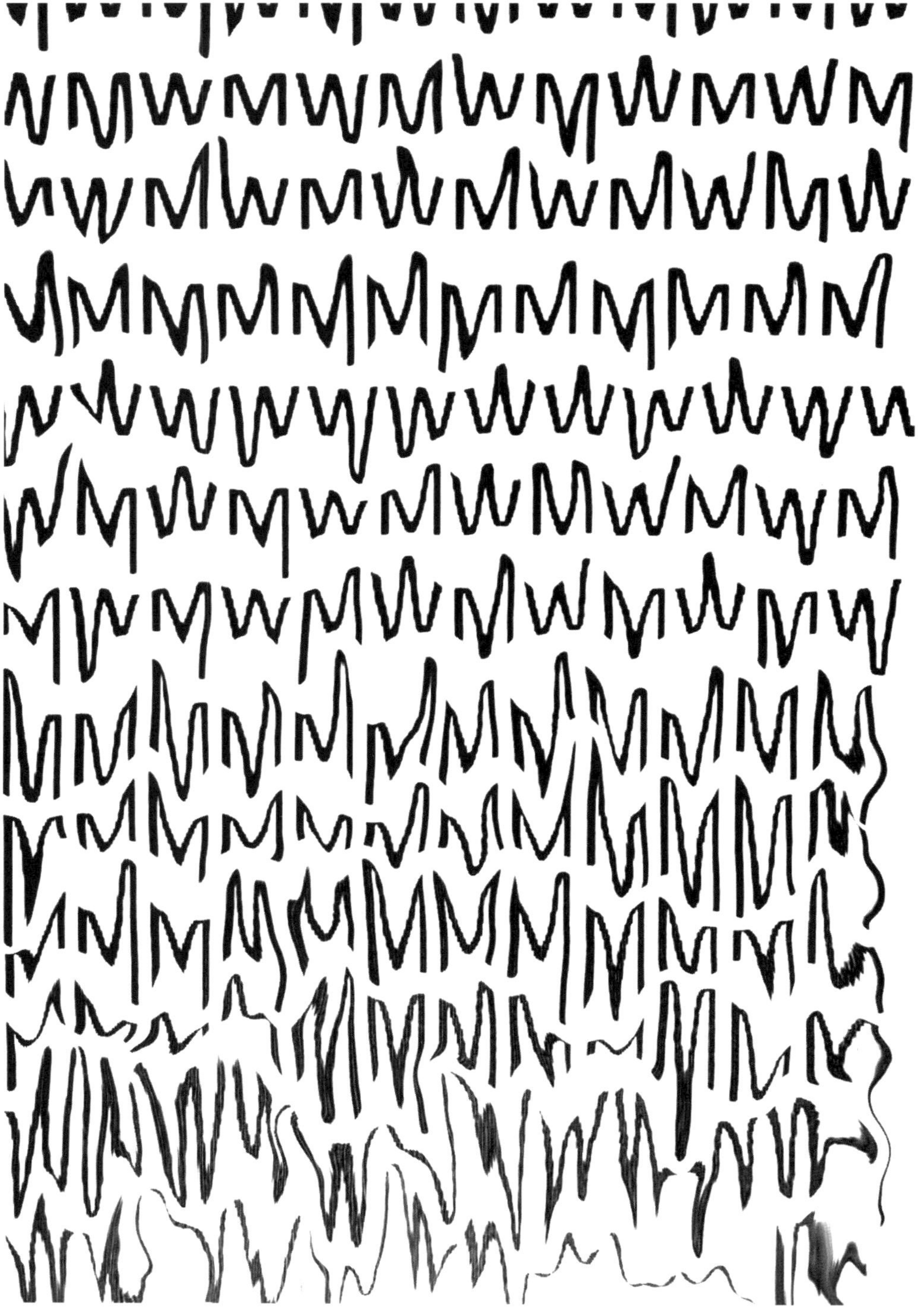

wow man!
wow woman!
wow man!
wow woman!
wow man!
wow woman
wow man!
wow woman

voo voo

voo voo

voo voo

voo voo

voo voo

voo voo

voo voo

voo voo

voo voo

voo voo

voo

oo

v

voo voo

voo voo

voo

voo voo

voo voo

voo voo

voo voo

voo voo

voo voo

voo voo

voo voo

voo voo

voo voo

voo voo

voo voo

voo voo

voo

oo

v

人……

Papel	Alta alvura 120 g/m²
Tiragem	200 exemplares
Impressão	Hawaii Gráfica e Editora
	Setembro de 2025